청어詩人選 455

나라는 사람 1

윤혜원 시집

청어

시인의 말

알을 깨고 나와
퍼드덕 퍼드덕 날갯짓하며 독수리가 비상하듯
애벌레가 번데기 되고 번데기가 나비 되어 꽃에 내려앉듯
우리는 문득문득 진화하고 또 성장했음을 자각하게 됩니다.

이 모든 삶의 여정이
오직 지으신 이의 영광을 나타내기 위함이요,
오늘 하루를 감사함으로 활짝 웃으며
서로 얼싸안고 춤추어야 마땅할 이유입니다.

그래서 더 높고 아름답고 착한 꿈을 꾸며
알 수 없는 내일일랑 걱정하지 말고
간절히 기도할 때만 삶이 꿈이 이루어지겠지요!

2024년 여름 ♣
善美 尹惠援

차례

2부

3부

4부

1부

아리랑 2018

그대 노래 부르랑
늦은 비 이른 비 나리나리 니나노 NINANO
그대 나를 부르링 아리랑 아라리요 ARIRANG ARARIYO

그대 춤 추어랑
눈 부신 햇살에 안기어 얼쑤
보드라운 풀밭에 드러누워 지화자
시공을 비껴가는 바람에 나부끼링
얼레리꼴레링 얼레리꼴레링

그대 꿈 꾸어랑
떼 지어 오르나르는 비둘기처럼 멀드리
자리를 지키는 토끼 무궁화처럼 끈끈이
이 땅 이 하늘을 보듬아랑 으리으리
아리아리 수리수리마수리

그대 내 사랑아
그대 나 다 놓으링 쓰리쓰리 쓰리랑
사랑의 돛을 띄우링 저 우주 너머로

2020 여름

5월에 39도짜리 폭염
6, 7, 8월에 59일짜리 장마
장미, 바비, 마이삭, 하이선
태풍 네 녀석이
여름의 대단원을 내리go
가을 마중 오심

그대도
나도
우리도

장미는 촉촉이 피go
벼는 이삭이 피go 밥이 되go
서로 어느 때보다 베풀go
맺히go 견디go 자라라go
오진 열매 하나를 위해
더 기도(祈禱)

⟨Sweet Ritual⟩ 벗 생각

2015년 5월 28일 메르스,
나는 상간녀 이웃 폭행에 골탕 먹어서 한방병원 갔습니다
2015년 7월 7일 부장판사 내 칭구 강준이는 숨을 못
쉬어서 마리아병원 갔습니다

그 몇 해 전 우덜 대학 Y(MCA) 칭구들끼리
내 이혼소송으로 다 모여 앉아
가슴 쓸어내리며 세상살이 부부의 세계
자식들 막장드라마에
회를 치고 초를 치고
쐬주로 곤한 심신을 소독방역하기를 거듭하여
웃다가 울다 괜스레 옆자리 히히덕대는
아베크족 히야까시 걸다가
실랑이를 벌이다가

그렇게 반백 년을 함께한 칭구는
세월이라는 거대한 물살에 휩쓸려
몸부림치다 먼저 갔습니다
그날 밤 우리는 오십을 바라보며
예상치 못한 저마다의 찌질한 자화상을
서로서로 마음의 눈을 조아려 각을 잡고

그러다가 말다가
그만 흐느껴 울지는 못하고
쐬주냐 싱겁냐 물 탔냐며
엄한 타박을 하다

야 택시왔다 서울택시
그렇게 서둘러 내 등을 떠밀었습니다

오늘 밤 10시
빗소리와 첼로 음악을
커피믹스 두 봉다리와 섞어
대법원 앞 보랏빛 소국 볼 때마다
여전히 채워지지 못한 것들을
채워보려고
잊어보려고
달달한 의례 Sweet Ritual
홀짝홀짝
끙끙거렸습니다

빨강 기도(祈禱)

한여름이니깡
뜨겁게 활활 불타오르니깡
피[血]로 약속했으니깡
죽음까지 사랑하니깡
내 기도(祈禱)는 빨강

누나-初老

탱탱하던 얼굴 늘어지누나
복숭앗빛 곱던 볼따구 쳐지누나
어쩌다 그 칠흑 검던 머리칼
희끗희끗 흰머리 천사
은빛 번쩍(은갈치) 흰머리 귀신 돼 가누나

나라는 사람 1

단 한마디로 나 자신을 정의할 수 있을까
내가 나고 자란 가족
학창시절을 거쳐 직업을 갖고 결혼과 출산
높고 아름다운 꿈도 꾸고
영광과 좌절도 맛보고 이혼도 하고

에스프레소와 아메리카노도 좋아한다
녹차와 쑥차도 좋아한다
젊은 날엔 쐬주 아니면 상대도 안했으나
위스키도 와인도 막걸리도 좋아한다
요즘 20, 30, 40대 젊은이들은 탈출구가 없는 절벽사회
라는 우리나라
눈만 뜨면 상상불가의 부정불법 사건들이 줄 잇는 우
리나라
그 속에서 부대끼며 20, 30대 자녀를 둔 애미로서 마음
이 무겁고 정신이 어지러울 때도 있다
그럼에도 불구하고 우리가 안고 있는 여러 문제는 기어
코 긍정적으로 발전적인 방향으로 해결되어 가리란 확신
을 갖는다
유대인보다 더 뛰어난 민족 아닌가
게다가 하느님께 기도하는 민족 아닌가

나 자신 좌충우돌 어느 땐 깜깜한 어둠 속에서 이런저런 방황을 하고

빛을 찾아 지샌 밤이 몇몇이었던가

나는 386세대 7080세대의 아이콘이자 모순덩어리 그 자체이다

나라는 사람

울보

저는 지금 울보입니다
찬송을 듣다가도, 부르다가도
말씀을 듣다가도, 시작되기도 전부터
기도드리다가도, 마치고 나서도
시도 때도 없이 눈물이 주르륵 뚝뚝…

무릎 꿇고 두 손만 모아도,
길을 걷다가도,
기쁜 소식을 전하다가도,
대체 제가 왜 이러는 건지
하나님께서 결국 제 손발을 꽁꽁 묶고
풀리지 않는 마법을 거신 겁니다

이는 분명
말씀이 살아서 이미 죽었던 저를
꿈틀거리게,
생명을 살리시는 것이지요!
넘쳐흐르는 기쁨과 감사로 떨고 있사옵니다
"I'm alive"

홀로 버려진 듯, 기진맥진 지쳐 쓰러져
외로움 파묻혀 죽은 저를, 아무짝도 쓸모없는 저를
깜깜한 어둠 속에 갇혀 갈길 몰라 헤매는
아침에 눈 뜨기조차 싫던 저를
곱게곱게 부스러뜨려 다시 빚으시려나 봅니다

주의 말씀은 내 발의 등이요 내 길에 빛이나이다

생떼, 감사

기도하게 하시니 감사
기도할 수 있어서 감사

제멋대로 괴로움 만든 주제에
왜 가만히 보고만 계시느냐고
나만 순결하다는 양 무죄인 양
아버지 하나님께
실컷 탓하며 생떼 부릴 수 있어 감사

그 헛된 꿈 꿀단지인 줄
지은 죗값으로
산산조각 깨뜨려 주셔서 감사

저는 나이 들었으되 늙지 않았고
몸이 약하되 아직 쓸 만하며
들풀 한 포기 벌 한 마리 비바람
느끼고 사랑할 수 있으며
이제, 사람
사랑에 목마른 저와 그 영혼을 위해
눈물로 기도할 수 있으니 감사

이제, 무엇을 더 바라겠나이까
지금 이대로 제 잔이 넘치나이다

아들에게 보내는 가을 편지

넌 이제 스물한 살 가을
난 드디어 쉰다섯 살 가을

넌 길 찾는 몽마르뚜 공원 귀요미 토끼쯤…
학교 캠퍼스 어디서 친구들과 함박웃음 짓고
난 길 찾는 키르기즈스탄 어미노새쯤…
내 인생 베스트 프렌드랑
몽마르뚜 공원 거닐고

넌 푸른 하늘 한 번도 보나 안 보나
난 하루 서너 번 올려 안아봐

하나님 없이는 수증기 같은 인생이라 노래한 다윗
올 추수감사절 찬양제곡
'할렐루야, 아멘'은 내 노래

너와 나 따로 있어도
피로 이어져 애처로운
서로 같은 시각에 예수님처럼 마음이 오가다

Sweet Bean 달콩에서

-통곡의 참소(讒訴)

수(水)욜로(Yolo)니까 비[雨] 오시니
우상 따위는 친정 창고에 던져버리고
봄 한가운데 누비는 나 우리
남 시선 따위 버리지 못하야
둘둘빵빵한 이 거리
2020년 예수 오라바니(Bo Bunny) 두르시던
가을색 모(毛)스카프를 두르라
봄비를 맞아라

비라면 젖더라도 가즈아 (雨아메나라 痛누레떼 行이꼬우)
노래한 일본 시인의 맘되야
일제강점기 금수저 일본 유학파
북청물장수 흙수저 날품팔이양
충무로 명동 은성다방 시공간 딴따라
예술을 문화를 광복을 기도하리랑
뱀또아리랑 아리아리 쓰리랑

이 아름다운 우리 땅 축복의 소래마을
구석구석 쵸코쵸코 토끼맘으로
하루가 천년(千年) 가치(價値) 사라보아랑
저 목숨 같은 딸아들 손주딸아들

나 자라 뛰노는 항상 기뻐하야랑

집바다 가게바다 지붕봉바다
천 개 만 개의 민들레 홀씨 되어랑
바람 바람 올(All) 뿌려질
우리 영혼을 열어라 지켜라 사랑하야랑

379호선 고터역에서 구반포, 신반포역에서
2호선 서초역에서
젖과 꿀이 흐르는 다 탐내는 성(城)
한강 우면산 국립 현충원 관악산 줄기 서리풀 공원 이어조
하나님(하늘님) 주신 선물 반포동 분지
달걀노른자 알R땅 GLOBAL VILLAGE

마이(MY) 가나안(CANNAN) 화이트 쵸코 남산교회랑
위(WE) 에벤에셀 더몽마르뚜 레드 쵸콜릿
두 기둥 보아스 야긴홀 가치
방배중 삼거리(THREE WAY) 말고 ONE WAY
성삼위일체(TRINITIE) 알리랑 아리랑 쓰리랑
프리티(PRETTY) 집들이 아까짱(日語: 아가, 빨강) 어덜트
리턴(ADULT RETURN)
외국인 뛰뛰(外國人 多多) 패밀리(FAMILY) 가치
댕댕이 냥냥이 토끼귀요미 양 소 말말말
뛰어 숨 쉬며 사는 곳 다크 쵸콜릿
청룡 어린이 공원 상상(想像) 어린이 공원 은행나무 공

원 구립 어린이집 등등(燈)
　　우리 함께 춤추며 가치(價値)로 사는 곳

　　국립 도서관 통일연구원 검찰청 고속터미널 대법원 등
기소 마리아병원 메리얏 서울고법원 쉐라통 예술원 예
전당 조달청 학술원 시서화노래 방방방(方) 빵빠라빵빵
(BREAD/MEAL) 문화의 거리
　　촬촬촬 쏟아지는 바로왕 광야로 병풍(屛風) 두루루
　　이 지구라는 별에서 가장 큰 샘물
　　대한민국이 서서섯 핵인싸 슈퍼스타
　　애(愛E)를 넣으면 SEOUL(사랑과 영혼)
　　애(哀E)를 빼면 SOUL(영혼)알인 땅이랑

　　오묘한 달콤한 말씀에 취(醉)하랑
　　13번 말[馬]버스 GLOBAL VILLAGE 지화자 조타
　　SWEET BEAN 달콩쓰 COFFEE 콩물 CAFE 카페서
　　토끼맘 씽씽쏭쏭(SING SING SONG SONG) 깊은 샘
　　솟아 뿜어낸 쓴물 섞어쓰
　　MILK쓰 HONEY쓰 젖과 꿀 쳐발쳐발쓰

　　COFFEE콩 지름에 CARMEL
　　한방에 들여쓰 마셔버려쓰
　　녹아라 노가라 노가리
　　노―멘 아니라 아멩 플리즈

오십오 오땡 生日선물로 소래[牛來]마을 달콩서
빨주노초파남보 언약의 우산팡파뤼
수고하고 무거운 짐 진 자드랑
참 자유 참 지름 참 이슬 같은 生水 마셔랑

진짜가 오기를 기다리지마라랑
내가 진짜가 되어랑
DREAM IS COME TRUE
달아 달아 달콩쓰 쓰리쓰리 쓰담쓰
콩콩콩 콩닥쓰 쫄쫄쫄 심쫄쓰

보이는 것만 미쩌마라랑
이제는 진짜로 예수 오라버니만
십자가 그늘 아래
숨 좀 쉬어랑 이리오니랑
사랑=사람=삶 우리 사랑아 통일꿈지기 되어랑 기도지기
되어랑
우리 별 가장 큰 샘물
대한민국이 삐까번쩍쓰 블링블링쓰 지화자 조타 다 다
스려랑
천국무도회 약속바다랑
파뤼 파뤼 팡파뤼 닐리리양
EVERY BODY SAY YHE AMENGMENGMENG(아멩멩멩)
HANDS UP STAND UP PLEASE SAY YHE
HALLELUJHAONG(할렐루야옹)

무화과

친정엄마 솔치(松)댁 따 드시던 무화과
엄마 천국 가신 후
무화과만 보면 사 먹는 나
꽃을 먹는 외로운 꽃

어릴 땐
새순도 초록 잎사귀들도 숱한 꽃들도
빨갛게 노랗게 단풍 들어 떨어져도
그다지 무관심했던 나
미처 외로움을 배우지 않아서

하늘을 찬연(燦然)히 물들인 석양에
엄마 품속으로 파먹던 사랑처럼
무화과를 사알살 가르며
꽃은 꿀이라 숟가락으로 파먹는 나

내 사랑스러운 달님
무화과를 눈물범벅으로 한없이 한없이 먹다가
껍데기를 수의처럼 휴지에 싸서
무덤덤 버리리라 그 어느 날
꽃이 열매인 무화과

시는 안 써

엄마 시는 안 써 시인이라며
응 쓰지 결코 달달하지만은 않아 내 경험상

아무 때나 불쑥 시가 나오는 게 아니거든
말이 다 이어져 그럴싸한 시가 되는 게 아니드라구

된장국을 끓일 때는 된장에 온갖 재료들이 있어도
누가 손질해서 요리하느냐에 따라 맛이 다르듯

시인인데 시를 잘 쓰지 않는 까닭은
다 내 마음에 드는 말과 리듬이 튀어나오는 게 아니구
쓰릿쓰릿 아리아리 우리고 고아낸 맛이라구나 할까

시간도 마음도 꽤 걸리지
시간 시인 시시한 얘기들도
다른 의미 있는 마음으로 보게 하는
시시한 힘 무시시한 힘
그게 시를 안 쓰는 게 아니구
못 쓰고 있는 시인의 마음

알

태어나기 전 우리는 알
엄마 아기집에서 열 달을 여물어
우주에 던져진 아기돌맹이 하나님

이리 치이고
저리 치이다
어느 곳 언제 누구의
오른손에 들릴지 모르나니

알맹이 알알이 열(熱)을 물어
송이송이 탱글탱글 매를 맞아
열매맺나니

옷집언니

액티브 실버(Active Silver)인 그녀는 자기관리도
열심이다 그래서일까 무슨 옷을 입어도 맵시가 난다
서구적인 얼굴에 마음을 사로잡는 자태로
가끔 앞뒤가 다른 애교를 양념처럼 섞어도
이쁘게 상대방을 한껏 추어준다
(그것은 하나의 능력이라고 본다)

성당을 열심히 다니다 죽을 고비를 넘긴 대수술 뒤
열성을 잃었다는 솔직한 변심이 이해가 갔다
살면서 이것저것 변하지 않는 것이 없다
지금은 마음에 내킬 때만 옷집 문을 연다
오시는 손님 거의 단골손님인데 그리도 한껏
미소 띠며 기어코 옷 몇 벌 사게 하는 능력자

손님들은 옷을 사러 온 게 아닐지도 모른다
따스한 차 한 잔 시원한 냉수 한 잔에
온갖 마음을 풀어헤치노라면
옷 몇 벌 사는 건 덤일지도 모른다
옷에는 보는 옷 즐겨 입는 옷
고이 간직하는 옷이 있다
그 언니네 옷이 그렇다

눈이 와용

어린 날 그 마음 그대로
어른이 된 지금도
눈이 와용

우리 인생의 가장 큰 이유는
아무리 힘든 한순간도
그분의 크신 손에 의해
드라마처럼 영화처럼
펼쳐진다는 것 아닐까용

눈 내리는 고요한 길
헤르만 헤세의 크눌프처럼
살아있다는 증명은
기도만이 아닐까용

눈이 와용
모두를 떠난 나 홀로의 시간 헤세처럼
어른이 된 지금도
두 손 모아 기도한답니당

첫사랑

보리밭 넘실거리는 푸른 언덕으로
내가 달리고 싶을 때
나를 사랑해도 좋냐고 묻던 사람

갑사(甲寺)에서 내리던 길 위로
나를 향하던 그 사람의 눈은
햇살 곱던 감빛이어랑

입춘(立春)

입춘 추위는
봄이 겨울을 정신 나게 훅 쳐주는 것 같다

폭설에 느닷없는 혹한에 꽃샘추위를 앞에 두고
흙길에서 올라오는 쑥향을 쿵쿵거린다
아무리 힘든 상황에서도
마음속에 봄을 기뻐하는 기어코 오시는
어디선가 불어오는 작은 바람
노오랑 복수초 휘파람일지도 모른다

뜸했던 사람들을 더 그리워하며
보고 싶어 하며 평안을 묻는
일렁이는 마음속 휘파람도
잊지 말아야겠다

12월

쌀쌀한 바람이 몸을 후벼파고 들어와
지난날의
햇살 따사롭던 봄날을 그리워하게
젊은 날을 헤집어 놓는 12월

한 해가 또 가려 할 때
봄 여름 가을의
화려했던 기도와 실현들을
돌이켜보게 하는 12월

비 온 뒤 싹이 돋고
꽃봉오리가 지려 할 때의
무성하던 잎사귀와 가지 들이 떨어지던
아픔과 성숙의 시간들도 아롱져 있다

그래서 12월은
누구에게나 가슴 아린 추억과
따사로운 설렘과 그리움들을
한 장 한 장 품어야만
추위가 녹는다

카누 1

엄마 근데 이름은 무어라 할까
이마에 반점이 음표 같으니까 음표라 하장
나도 동생도 '시'자 돌림이니까
강아지를 가리키는 댕댕이를 묶어 시댕이라 부르장
그래 카누(작은 배)는 어때
고독한 영혼이면서 부모형제들과 헤어졌으니
카르마, 저만의 업(業)이란 뜻인데, 잘 헤쳐나가라공
너무 철학적인가
카누, 좋네 좋앙

카누는 아빠 보더콜리와 엄마 스피츠를 둔 믹스견으로
딸과 내가 사는 집에 2021년 1월 23일에 입양되었당
이미 어미에게 기본은 다 배웠나 싶을 만큼
매우 영리하고 말귀도 잘 알아듣는당
다 크면 어린아이 3살부터 7살 수준으로 똑똑하단당

아가들에게 오직 건강히 자라주기만 기도하듯
우리도 카누에게 무엇이든 다 잘했다고
손뼉 쳐주고 칭찬해주고 상도 준당
대단한 것도 아니지만
우리는 우리 자체로서 서로를 좋아한당

카누 2

카누를 홀로 집에 두고
강아지가 좋아하는 음악을 틀어둔 채
혹시 짖어댈까 녹음기도 틀어두고
사료와 물도 제자리에 두고
산책 다녀올게 참고 기다령
아직 어려서 함께 못 하지만 예방접종 마치면
같이 다니쟝

어제는 한 시간
오늘은 두 시간
혼자 있게 한다 어린 강아지에게 심한가 싶다가도
현실은 더 많은 시간을 혼자 있어야 될지도 모른당

내 의도와 상관없이 57세
생일선물로 받은 카누
딸이 지금이야말로 강아지와 함께할 수 있는 때라고
끝까지 우겨 기어코 고 녀석을
우리 가족으로 합류시켰당

어릴 때 아들녀석 기관지가 안 좋아
늘 거절했던 강아지
아들이 군대 가고 나서야 받아들였당

카누양 파이팅!

카누 3

카누랑 나랑은 어느새 친구가 되어
하루도 빠짐없이 산책을 나간다네
동네 집들을 지날 땐 갸우뚱
어제와 변화가 없는지
햇님어린이공원에 들어서면
좋아서 아이들을 바라보고
풀잎과 나무들의 정원을 쿵쿵거리며
카누 개친구들과의 냄새 SNS활동
가끔 내 눈을 보면서 자랑한다 그리고
나뭇가지를 주워 놀이터 마당에서 갈가리 찢고
나뭇잎이 바람에 날리면 꼭 붙잡는 놀이 하고
꽃잎이 떨어지면 그 향기를 맡고
바람이 불면 여름엔 시원해서
가을엔 서늘해서 겨울엔 차가워서

음악도 같이 듣고
식사도 같이 하고
낮잠도 같이 자고
카누, 너는 점점 젊고 힘 세지고
나는 너를 건사하느라 관절이 쑤셔오지만
너와 오래도록 함께해야 하니 더 튼튼해지길
카누, 그 보석같이 구슬같이
반짝이며 바라보는 두 눈에 반해
어느새 친구가 되었네

2부

나의 여름

여름이 가야
가을이 온다

끄적임

춘하추동
생로병사
이 세상에 영원한 건 절대 없어
이 세상에 존재하는 것들은 다
오가는 시간 속에 사라진다
오고 가고 오고 가고만 있을 뿐

아, 영혼이여
가릴 수 있으면 가려다오

세상 만물은 영고성쇠 생로병사를 거듭할 뿐
낙엽 한 잎 같은 인생은
물들고 시들어 떨어져 부숴지나니
노래하라 내 영혼이여
우울과 슬픔보다는 기쁨을
외로움보다는 고독을 낭만을
영원보다는 순간순간 사랑들을

바람

삶이
사랑이
바람이었다는 것을 깨달았을 때
비로소 어른이 된 것입니까

봄 여름 가을 가고 겨울 온다는 것을
알았을 때 어른이 된 것입니까

스무 살이 서른 살이 마흔 살이
어른인 줄 알았는데
쉰 살이 되고 예순 살이 되어야
진짜 어른이 된 것입니까

삶에서도 고비 언덕을 만나야
바람이 더 시원하게 불 듯이
숱한 고비 언덕을 지나서야 드디어
그 모든 것이 바람이었음을 깨닫습니다

기뻤던 순간들
슬펐던 순간들
영광과 환희의 순간들
모든 생애 최초의 최고의 순간들
느끼며 견디며 살아갑시다
왜냐면
다시 올 수도 있지만
다시 오지 않을 수도 있으니까요

삶이
사랑이
다 바람이었으니까요

무궁화 잔치

18년 가고go
19년 오더니你
20년 눈에 띄게gge
무궁화 고이고이 go2go2 피누나

우리는 무궁화 대잔치

얼쑤

무제

시간이 지나면
다 그때가 좋았어 하게 된다
점심 먹고 나서
섬광처럼 이런저런 생각이 스쳤다

혜원아
힘든데도 잘 살아왔구나
늘 웃음잃지 않고 밝게 웃는 게 큰 재산이었어
지금 스스로가 괴로운 게 그 웃음을 잃어서지
세상만사 마음먹기에 달렸다던데
조금만 더 힘내보자
조금만 더 힘내보자
더 힘들고 어려운 이들도 꿋꿋하게 참고
주어진 것에 감사하면서 용감무쌍 살아가잖아

쑥국

쑥쑥 자라니까 쑥
쑥향이 좋아
쑥국을 끓입니다
가장 이른 봄 향기를 맛볼 수 있으니까요

종이와 가위

우리 아들 봄 아가 때

신발을 신기며

내가 니 종이양 말하니

그럼 난 가위양

푸하하

어디 없나

넌 내 종이양 말하면
그럼 난 가위칼손톱깎이양
이런 사람
이런 사랑
이런 그대

봄비 1

똑똑 또로로 똑똑 또로록

봄을 두드리는 노크소리
이 봄비 소리

봄을 재촉하는 봄비
꽃 몽우리들이 다 알아들겠어요
우리 마음도 더불어 활짝 피어나구요

지난 겨울 세찬 바람과 추위를
얼어붙은 마음을
훈훈히 녹여주겠지요

늘 봄을 맞이해도
온 대지를 적시는 봄비 뒤
코로나19도 아랑곳없이
언제나 가슴 설레는 봄

봄비 속

쿄또서 입던 티샤쯔 그대로
님 지둘리는 봄 서울에서
이뿌게 걷노랑 ♡.♡

남대문시장에서

선물로 지갑 찾으러 가치
언제 누구랑 여기까지
오셨는가랑

요번엥 죤또 네고하시명
미소 띤 옆얼골 훔쳐 담아
인 마이 포켓또

명동에서

'세월이 가면'
반 시간 정도 세월과 코코앙
서꺼쓰 달콤쓰 개꿀맛 ♡.♡

응원가

싸인해 주신 책을 덮으명
눈두 살포싱 보운또 들려오는 감바레노랭

라부레따 1

사랑을 보내랑 지금이 과거인 미래롱 오겡끼데또

라부레따 2

♥을 수놓은 내 마음으 보석

아카시아껌

아아앙 아카시앙껌 바다주시닝 언제나사넹

인생

거슬러 줄 것도 없고
거슬러 받을 것도 없는
어제까지의 삶

오늘 이대로 내 모습을
더 아끼고 사랑하며 살 순 없을까
허무와 허영 사이

연보랏빛

아직도 연보랏빛 블라우스를 입고 있습니당

햇살이 눈부시고 내리쬐는 볕이 따듯한데
이별을 하였습니당

오고 가고 다시 또 오는 봄

지금도 그 향기롭던 연보랏빛 라일락꽃은
봄을 준비하겠지용

오고 가고 다시 또 오는 봄

내 마음은 여전히 연보랏빛인데 말이지용

나는 이제 김치를 담그지 않는다

백번을 죽어 깊은 맛을 내는 김치
우리는 김치파다
주부라면 누구라도 김치와의 상관지수쯤 쉬이 아
시리라
배추김치 총각김치 갓김치 백김치 파김치 깍두기 신
건지…
그러나 나는 이제 김치를 담그지 않는다

주부 9단이라 김치의 여신이라 한때는 칭찬받던
그 엄마가 사랑과 전쟁 속에서 이혼하고 지내는 사이
나는 신김치가 되었다 이미 백번은 죽은 패자
전쟁과 달리 이혼은 승자가 없으므로

사 먹은 김치는 신간은 편하더라
오래전부터 김치를 담글 수 있는 딸에게
김치 담궈 먹고살지 마라 한다
자랑도 아니요 흉허물도 아니기를 빌며
나는 이제 김치를 담그지 않는다

여름밤

모기양 모기양

야옹이 인형 흰 배에 앉았당
핑크거위털 이불에 앉았당
천장 벽지에 앉았당 메롱메롱
날 갖고 노는 모기양
니 하나 덕에
개꿀 개꿀 잠
달디 잔 꿀잠을 설치는구낭

산책

홀로 조용히
나지막한 뒷동산 오솔길을 따라 걷는다
해가 바뀌고
수년째 걷는 이 공원 길은
참 보기 드물게 서울시내 한복판
남산을 보고 한강을 굽어보며
내 마음의 중심을 지키며 왔다
나는 조용히 지금도 걷는다

새소리 풀벌레소리 바람소리를 들으며
이렇게 한 발짝 한 발짝
걷는 이 길이 다시 오지 않는 길

나
다 잘하고 있나
되물으며 아껴서 걷는다

지금, 더 혼자가 되는 산책 시간
과거는 낭비양
현재만이 긍정이양
미래는 무지개양
이 세상 어린 나와
크신 님과의 시간

표창장

후회할 일이 많다는 것은
열심히 도전하며 잘 살았다는 뜻
감사하다 지금 이 자리까지 이끄셔서

눈물이 많다는 것은
산전수전 공중전 다 치렀다는 뜻
남을 잘 이해할 수 있다는 뜻
아름답다 그대 고운 눈가

외로움을 많이 탄다는 것은
늘 사랑 넘치는 길을 걸어왔다는 뜻
하루하루 미치도록 최선껏 살았다는 뜻
외로워 마라 그대 하늘을 보시게

벅찬 순간

날마다 화보를 찍는 것처럼 살 수 있다면

57번째 생일
그럼에도 불구하고 내가
음 그렇지 우리 나이엔 그래
그리 살 수만은 없는 듯

아, 난 그런 삶 살고 싶지 않아
가슴 벅찬 순간들로 채우는
사는 것 같이 사는 인생을
살아가고 싶다고

군 이등병 아들에게 온 전화에 대고
휴가 언제 오느냐고 코로나 광풍마저 잊고
상한가 친 주식 자랑하는 철딱서니 엄마의 세시풍속도

딸이 삼시세끼를 엄마 생일이라며
건강하고 아름다운 음식으로 대접하는
벅차게 감사한 날
최고 벅찬 순간들을 아들딸이 선사해주는
다이아몬드보다 소중한 보물들
내 새꾸덜

펜 가는 대로

그대를 만나
이러저러한 이 땅 이 시대 생각에
이 가슴 깊숙이 마라의 샘솟네

죽은 척하던 한(恨)들이 샘솟는 두루마리
고구마, 감자 줄기처럼 후두둑후두둑
칡넝쿨, 등나무 넝쿨처럼 베베베
꼬아꼬아 맛난 꽈배기처럼
내가 먼저양 내가 먼저양
다투는데

부끄럽고 애절한 마음뿐이랑
내 안의 나에게
야옹야옹 꼭 애 울음 같은 야옹이 소리

대파 대가리와 콩나물 뿌리를 삶으며

혹한에 뉴스마다 난리다

한강이 수십 년 만에 얼고
지방 아파트 수도관을 따라 엄청난 고드름 얼고
코로나19에 전 세계가 호되게 매 맞은 지 얼마인가

기침 한 번에 놀라며
이웃 친구 지인들마저 폐가 될까 피하는데

대파 대가리와 콩나물 뿌리를 삶으며
시간이 넘치도록 우려낸다

기침에 좋은 국물을 만들며
혼자 떠는 이 소란에 멋쩍게 웃는다

3부

붕붕붕

하물며강쥐맘조차지새꿀개꿀귀히여겨
이리보고저리보고사방팔방살펴보고
눈똥이야개똥이야핥아주고빨아주고먹여주고하는디디
디 @.@
엄마맘썩히지들말고서로♥하며살자 ♥.♥
오션붕
알라붕
데자붕

아이고아이고 I GO I GO 오구오구 5959

반반(半半)

일곱 살 봄이
엄마 마음 그림
가슴팍 하트모양 마음
반은 뿔 달린 마녀
반은 사랑스런 천사

20대에 군대 간 봄이 보고파
내 마음 그림
반은 그리움
반은 외로움

과자파티

변함없는 맛 과자 몇 봉다리
요런조런 맛 요런조런 이야기
오랜만에 바삭바삭한 폭풍수다
에헤라디야
과자파티 아닌가

2월의 공원

따스한 햇살 아래
남자애들이 여기저기서 공놀이하고
어르신들은 두꺼운 겨울옷을 그대로
공원 한편 볕 좋은 곳에 줄지어 앉아

남자애들은 면티 한 장이 다인데
어르신들은 한껏 껴입은 옷매무새
빨강노랑핑크 색도 가지가지
살아온 삶도 가지가지이시리라

운동기구 중장년의 남녀들이
짝지어 또는 홀로 열심히 몸을 챙긴다
사는 게 한참이나 재미날 때 아닐까
어릴 때 청년 중장년 노년 어떠신가

음악은

한파로 바깥 온도 -13℃

택배아저씨가 물건을 전하고
우체부아저씨가 18개 은행 압류고지서를 전하고
음악은 택배아저씨나 우체부아저씨 세상만은 아닐 거다

누구에게는 눈물이 되고
누구에게는 위안이 되고
누구에게는 사랑이 되고
누구에게는 꿈이 되고
누구에게는 추억이 된다

실내는 보일러가 43℃로 끓이고
음악은 내 마음을 100℃로 끓이고 있다

여름 저녁

저녁 무렵이면 한여름 마당 멍석 위에서
엄마가 끓인 팥칼국수를 후루룩후루룩
뜨거운 맛 식혀가며 온 가족이 둘러앉아
사카린 듬뿍 넣고 맛나게 먹던 추억이
내 발걸음을 팥칼국숫집으로 이끈다

대나무 실랑이는 바람소리 휘두른 집 마당에서
인생의 무엇이 그리도 다디단 사카린 맛만 할까?
그 추억의 면 가락을 추켜들며
한여름 밤의 꿈을 꾸게 된다

이제는 가시고 이승에는 안 계신 아버지
흰 머릿수건 흰 앞치마 한 엄마
흩어진 형제들
팥칼국수가 먹고 싶은 건
아득한 밀 향기 그 세월만큼 그리워서다

여름 저녁이면
내 발걸음을 팥칼국숫집으로 이끈다

내게 다시 사랑이 온다면

문자*처럼 한없이 퍼주고 싶다
귀여운 부인 올가**처럼 그의 세상이
이 세상의 다인 것처럼 살리라

그토록 가슴 치며 피눈물 흘리던 회한에도
내게 다시 사랑이 온다면
이제 이미 그것이 소용할까 의심하면서도
오히려 더 혼신의 힘을 다해
뜨겁게 퍼주고 싶단 생각만 하다니

그럴 수 있을까
정말 그럴 수 있을까

외로움에 지쳐
지킬 수 없는 사랑을
그리워하는 것은 아닐까

더 용기를 내야지
기다리지만 말고 내가 먼저 다가가야지
무엇이 남을 것인가
오월의 장미가 찬란한 장미가
다 이해되는 눈물겨움

*한국근현대문학전집 속 인물
**체홉의 단편소설 속 주인공

아가씨

아가씨 우리 딸 오늘은 어디를 가시나
예쁘게 머리단장하고 눈부시게 화장도 하고
싱그러운 아카시아 향수를 한번 뿌리시고

이미 직장생활을 하는 친구들과
밀린 생일파티를 연휴에 하신단다
오늘은 남미요리 파티하러 가신단다

라일락 꽃잎처럼 무리 지어 향기를 뿜으며
청순한 백합처럼 고운 손 서로 부여잡고들
이 아름다운 시절을 어여삐 즐기시다가
부디 평생지기로 고이 지내시구랴

장미 두 송이

코로나19 전 세계를 강타하고
마스크 쓰고
누가 누구인지 서로를 의심하며
이 추운 겨울을 살아가고 있는 우리

저는 꽃다운 20대 취준생 딸과
하얀 장미 두 송이를 산다
둘이라 외롭지 않아서 더 아름답다

서울 2021년을 맞이하는 한파 속

중년 아줌마

장미 속으로 도망치는 그녀
늘 목젖이 보일 만큼 함박웃음

혼자일 때는 뉴스든 영화든 드라마든
가슴 메는 울보
감정조절 장애자 조울증 우울증
어떻게 불려도 상관없다

퀸즈 파크(Qeen's Park) 뒤 e편한세상
사는 그녀들은 애간장 안 쓰고
늘 편한 세상만 살까
아이러니해 아이비 뒤덮은 6월이여

에티오피아 원두커피 한 잔에
중년의 시름을 달래며
영화 한 장면 채워보느냐

돌싱족

싱글(single) 중에 이혼한 이를
돌아온 싱글이라며 줄여서 돌싱이라 한다
오호통재라, 내가 돌싱족이 될 줄이야

지지고 볶던 긴 세월 가고
인내가 모자란 탓에 머리가 아둔한 탓에
돌싱족이 되다니

해남 윤가 명패 덕에 더 힘겨운 지난날들
더는 아니다 싶어도 살아내야 했던 저마다
이러저러한 사연일랑 있겠지마는

언젠가 당신 덕에 많이 배웠소
인간에 대하여 서로 고마워하기를
돌싱족이 되어 참기도를 배운다

이제부터는 하고픈 것 다 하리라
이런저런 허울로 녹록지는 않소마는

~스럽게

진국이 카톡 프사에 자기 이름을 붙여
진국스럽게 최근 상태를 적었다
문득 '나'스럽게는 무엇인지 숨을 멈춘다

저마다 우리는 '우리'스럽게 잘 살아내고 있구나
지구 재앙의 전조 소식을 나날이 접하면서
코로나19 역병의 의미를 깊이 새겨본다

한동안 잊고 산 건 아닐까
나스럽게 우리스럽게
자랑스러운 '한민족'스럽게

시인의 꿈

아름다운 시
알맹이 톡톡 튀고
향기 뿜뿜 넘치는 언어로 채운
별 열 개짜리 시를 남기고 싶당

동네방네
남녀노소
여전히 시를 사랑하는
축복받은 민족에게 읽혀지는

튀긴 옥수수 삶은 계란 구운 고구마
시원한 냉수 한 그릇 같은
소박한 일상의 언어만으로도
독자들 마음을 스르륵 녹여 담는
퍼뜩퍼뜩 마음 나누는 시인이 되고 싶당

겨울나무

새순부터 낙엽까지
기인 긴 겨울 거름으로 살아

해마다 벌레들 새들 사람들에게
나누고 나누고 다 주고나서

당당히 벗은 채 서 있는 나무
나이테를 월계관으로 새겨 받으며
우리를 심쿵하게 하누나

돈나무 친구에게

프랑 프랑 프랑 £ £ £
딸라 딸라 딸라 도루 도루 도루 $ $ $
엔 엔 엔 엥 엥 엥 ¥ ¥ ¥

돈나무 내 친구들은
뾰로롱 잎사귀 연초록 고개 내밀며
빙그레 웃는다

아침마다 저녁마다
돈나무처럼 하루를
빙그레 웃기만 바란당

연꽃잎차

입춘이 지나자 봄바람은
온몸을 후벼파듯 불어닥친다
햇살은 따사로운데 행인들은
몸을 움츠리는 2월 겨울의 끝자락

새삼 뜨거운 한여름을 정화시켜 담은
연꽃잎차를 내리며 딸에게 권한다
엄마 왜 먼지 냄새가 나

하기사 뜨거웠던 여름 내내
먼지만을 상대하며 빨대처럼 꽃대가
씨름 끝에 피어 얻어낸 연꽃이라

그 순결한 꽃대를 올려
희생으로 피워낸 연꽃

제 마음속에도 그런 꽃대 하나 심어주소서
아무리 힘들고 지쳐도 꽃피우는 순간까지
기댈 연꽃 꽃대 닮은

제 마음에 쌓인 먼지 깨끗이 걸러주소서
연노랑 빛깔 연잎차를 마시며
제 영혼을 맑게 비춰주소서

나의 여름

내게는 폭우와 긴 장마
살갗을 익히는 뜨거운 햇볕

오렌지 립스틱
진분홍 티셔츠
맨발로 딛는 섭씨 40도 넘는
포장도로 위를 걷는 것

누구에게든 구속받지 않으리라
믿었던 미신(迷信)
비싼 복채만 날려버린 수업료

삶아 쪄내는 공기를 가르던 바람에
집착과 증오의 세균들이 녹아
코로나19 역병 같던
주룩주룩 눈물과 땀으로 쏟아지다

설사

배에서 주르륵
대체 무슨 일일까?
온몸이 한(寒)기가 들어서링

피자(Pizza)

양송이수프에
맛난 피자 피칸과 마늘쪽 파인애플
야곰야곰
달님과 둘이서 먹으면서두

이탈리아에서 바다 건너 육지 너머
유명해진 피자
어떤가 우리 떡볶이, 불고기, 삼겹살
이 진짜배기 K-Food의 힘

음악을 들으며
이 눈 쌓인 겨울 추위를 녹인다다닷

조울증

조울증 @.@
기뻤다가 슬펐다가 하는 게 조울증이란당
사람살이 다 그런 거 아닌가
지금은 계속 기뻐만 하는 하이(High) 조증 상태
헐! 감정표현을 숨겨야만 살 수 있는 숨 막히는 세상
코로나를 생각게 하신당
웃는 사람은 병 ^0^
포커페이스는 위너 winner -_-

내 친구도
유학 다녀온 후 조울증 진단받고
병원 생활 꽤 했다더랑 ㅋㅋㅋ
정신과는 줄을 많이 서 있더랑
내가 정신이 없을 만큼

배우기는 많이 웃고
자기표현을 다 하라고 배우고
어른이 돼서 많이 웃으면 들뜬 또라이라닝 *^-^*
다른 사람에게 영향을 끼칠 만큼이라서
웃는 얼굴에 침 못 뱉는다던
우덜은 어디로 가신건가앙 ~.~

숨

인생은 숨을 쉰 횟수가 아니라
숨 막힐 정도로 벅찬 순간을
얼마나 많이 가졌는가로 평가된다며

나무

하늘을 올려다보면
딱 그 자리
내 영혼의 옹달샘 겹치고
세 그루 나무우듬지마다
새들의 집이 있소오옹

까치 한 쌍 종달새 한 쌍 쌍쌍이
한 그루에 가지를 달리하고
서로들 장난하듯 노닐 때

나무야, 너는 좋겠다
간지럽겠다 손님들이 시시때때로 와서
참 바쁘시겠다 손님들 접대하느라
바람으로 그늘로 잎사귀와 가지들로

4부

살 빼기

참 어렵다
절제와 인내를 요한다
그럼에도 어느 때
참으로 나 자신을 Reset하고 싶을 때
말로는 연중무휴 살 빼기
단시간에 건강하게 이뤄내기도 한다
살 빼기, 마음먹기에 달렸다
보기에 가장 적당히 아름다운 몸매로

대관절 나랑 S라인이 무슨 상관이야!
저마다 있는 그대로 완벽하지 않은가!

미니멀 라이프(Minimal Life)

한때 명품족 밝히던 된장녀
우리 소시민들은 이제 근검절약의 미니멀 라이프
좋아하기로 한다

나는 냉장고 끄고 두 해를 산 적도 있다
건강을 지키고 바지런 떨기 위해서이기도 했다
실은 냉장고 소리에 잠 못 드는 밤이 많아서

원룸이 나홀로족이 유행인 이 시대조류
24시간 연중무휴 마트에서 아무 때나 장을 보고
밥도 반찬도 다 살 수 있다

따뜻한 밥을 짓고 보글보글 정성어린 찌개를 끓여
한 가족이 둘러앉아 식사하던 풍경이
점점 사라져 가고 있다
다들 바쁘기 때문이다
어느 미니시리즈에선가 영화에선가
짐가방 하나가 다인 젊은이들도 보았다

달걀 한 판을 들고 친구 집을 방문하던
그 신데렐라 영화

봄비 2

3월 온 대지를 적시는 봄비 가닥
면발 가닥 당기는 탓은 왜일까
식료품점 오갈 때
골목 빌라에서 풍겨오는 라면 냄새

봄비 닮은 남자친구 하나 있었으면 좋겠네
대지의 모든 생명이 겨울잠 깨고
봄맞이 준비하고 있을 때
봄비, 너는 순수한 마음으로 대지를 적셔
봄의 대잔치를 알리고 가지가지 꽃향기로
이 세상을 가득 채운다

나는 그 남자친구가
온 마음으로 메마른 내 영혼을 적시어
다시 또 봄의 잔치를 즐기며
꿀벌과 나비들처럼 환호성을 지르며
그래서 이 세상에 자랑하고 싶다

나무 500배

경유 차
가스 차
휘발유 차
난 다 싫엉
지구 숨 막형
나무 500배 더 심어야 행
그래야 하늘에서 평화가 오십니당

시(詩) 1

100살 언냐옹『꽃』이란 시집을 냈을 때도
100살 오르시는 김형님 소식 들으면서도
비싼 시를 누가 읽나 요즘 세상에
시인이 된다던 그 꿈 하나로
반백 년을 산 저조차
시집을 잘 사 읽지 않는 세상 @.@

그래도 이 시대만의
유튜브니 블로그니 SNS니 쇼츠(Shorts)니 밈(Meme)까지
자기만의 표현 길로

아리아리 아라리요
스리스리 스리랑 고개를 넘고 고고씽씽

서울 Seoul

가수 조용필 님의 〈서울, 서울, 서울〉을 들으며 자랐다
육십을 바라보며 나는 서울을 생각한다
그리고 나 어릴 적 자란 부천을 생각한다

결혼하고 서울에 자리 잡으며 단꿈을 꾸었다
그 꿈을 좇아 치달은 젊은 날 청춘이라 부르자
무지개 잡으러 간 아저씨가
백발의 노인이 되어 기왓장 하나를 들고 돌아왔단 이
야기랑
내 인생이랑 뭐가 다른가
따지고 보면, 누구의 삶이든 꿈의 잔치 아닌 것이 있을까

좋은 것을 보고 아름다운 것을 좇다가
이즈음에 들어서면
미래를 내려다보고 더러움도 이해하며
축제의 하이라이트(high-Light) 맛보게 되고
서서히 막을 내리게 될 것인가
놉!
청춘은 60부터잖아!

막걸릿병

계양산 아래
주부토로 597-1번지, 계양산로 119번지
삼거리에서 햇님 바라보며 카누랑 춤 추다
계산체육공원에 가면
주차장에서 올라오는 출입구 쪽에 자리 잡고
밤낮없이 지내시는 아저씨가 있다

계절 내내 똑같은 옷에 모자를 눌러쓰시고
어이~ 부르며 찾아오는 친구분들도 계신다
가끔은 식사도 하고 오신 듯
볕 좋은 공원 벤치에 자리잡으시고
소주며 막걸리 파티도 하신다

지나는 아줌마들끼리 말하곤 한다
우리 동네에 버젓이 집도 있다더라

그 많던 야옹이들은 어디로 갔을까
계양산으로 올라갔는가 그러고 보니
둘레길 카누랑 산책할 때
네다섯 마리 야옹이들이 회의하던 모습이 떠오른다
임학정 근처에도 몇 녀석이나 다니고
꿩이나 비둘기 들쥐 잡아먹으며 사는가 보다

막걸릿병 널브러져 있는 한밤
꽃가루 흩날리던 오늘 밤바라밤바바밤
밤하늘엔 불그스름 취한 듯
이지러진 반달

인생 레시피

내가 좋아하는 TV 프로그램
《인생 레시피》(LIFE RECIPE, NHK)

자기가 좋아하는 취미를 살려
삶과 이어가는 기쁨과 행복을 느끼며
마치 생업처럼 일구어가는

좋아하기에 점점 빠져들고 몰입하는
어떤 사명감마저 느끼며 임하다가
드디어 학문의 경지에 이르는 것

된장찌개에 된장
김치찌개에 김치
안심스테이크에 안심
그래, 이 맛이야
안심되는 맛

시시(詩時)

장 콕토 시인의
〈뱀〉
"뱀은 길다"

〈장난감〉이란 시
내가 커서 어른이 되면
엄청 많이 살 거야

그때의 감동이란…
사랑하면 누구나 시인이 된다

해남 물고구마

해남 물고구마
작년 9월 3일부터
하양 접시에 담아 키운
나의 사랑
나의 기쁨
가녀린 질긴
생명의 힘

앗! 지금도 새순이 올라오네!
하트모양 아가양 ♥.♥

로또복권 1

카누야, 여기서 기다령
오늘도 나는 희망을 사러 드간다

1등짜리로 주서용
감사합니당
우리 카누, 잘 기다렸넹
아이고 이뻐랑~
이 로또 되면 우리 카누 꼭 유치원 보내줄겡

그때 만난 밤비 견주분은 이렇게 말했당
저는 로또 되면 넓은 정원 달린 집으로 이사해
밤비 실컷 뛰놀게 하고파용

우린 서로 마주 보며 웃었당

보리순된장국

생각이 난다
나 아가 때
된장에 간재미 애까정 넣어
보리순 넣어 끓여주신
그때 그 엄마표
보리순된장국

외할아부지 생가
진도에서 새엄마랑 살던 셋째 딸
의붓동생 셋을 키우다가
스무 살에 해남 윤가 청룡파 종가라고 시집와
5대 조상님들 제사에
시시철철 친척형제 떼죽들 뒤치다꺼리에
숨 쉴 새 없이 주야로 일하시다
자석들 잘되라고
유학 보낸 큰아들 장손 있는 용산으로
봉천동으로 아버지 사업 망해 야반도주
부천으로 이사해 모진 세월
대우실업 가발공장 미싱사로
야근수당 특근수당 챙기느라

쉴 새 없이 일만 하시다가
천당 가신 울엄마

그리운 보리순된장국

껍데기

껍데기는 가라고
신가는 외쳤지만
시대는 초광속의 시대
MZ세대, AI와 로봇 시대 오는데도

껍데기도 완존대박 @.@
쓸모
가 많다다닷컴퓨러시아닥다리는마시쩡

쑥과 마늘
양파 쪽파 대파
토마토는 로꾸꺼 토마토
당근은 당근 드쇼잉쇼잉미ㅋㅋㅋ

KIST에서 Y대 석사하며
컴퓨터 앞에서 논문만 쓰다가
주경야독 일인삼역 하던
울 달님이 글쎄
몸이 안 좋으시다자나깨나불조심

지으신 대로 되돌리고파
저는 오늘 채소 열 가지를 껍데기마저 다 넣고
다리고 또 다린다 이름하여 열채수 그런데
6·25 때 음식 아니냐며 거절당했다는
시바스키 자석스키

손전화

10% 남은 건전지
나는요 오빠가 좋은 걸 어떡행
아이유 노래를 들으며 춤추며
콘센트에 꼽는다 연결한다 그래서
우리는 통통 튀며 통한다
통통통 通通通!

늘 100% 충전하시기를
그리고 하루마다 다 쓰시기를
그리하면 울 착한 달님이가
'도저히 안 되겠어 엄마폰 용량이 너무 작아서'
새로 사주는 어제 같은 기적이 일어나거든욤

검정 비닐봉다리 하나도 잘 못 버리는
엄마맘 모른 채 졸라 멀쩡한 손전화를
그래도 아닥하고 꼰대라고 불릴까 봐
감쏴아드리며 오늘 받기로 합니다

*울 달님은 아이유와 여고 동기.

꽃도둑

라일락
꽃분홍 철쭉
미안미안해 말함시롱
검정비닐 봉다리에
스리슬쩍쿵

꽃도둑 맹그시는
오월

카누 똥

믹스커피 아니고
작은 배 카누(Canoe)
세 살짜리 내 아들
똥은 돈이 되고
민들레꽃 거름이 되고
풀들의 밥이 되고

우리 강쥐 냥이들도
비둘기처럼 자유롭고 싶다

러시아 비둘기 아줌마
서리풀공원 자유인 윤 혜원 맨발의 청춘
하물며 만물의 영장 우덜이야 울라울라울라

오직

빵순이였던 나
이제는 빵빵해지면 아니되옹
그래도 가끔은
Only Bread에 빵 사러 간다

밥에 된장국이 최고지만
김치라면 갓김치가 최상이오만
빵만 먹고 살 수 있소
빵도 먹고 피자도 먹고 스파게티도 먹고
소금 바게트는 무화과빵은 쑥팥빵은 어드렇소

내게 허락하신 모든 것
오직 감사의 기도로만 받사오니
오늘도 계산역 근처 빵집으로
빵 사러 가는 맘(Mom)

딸, 지금 무슨 시대양

공자맹자순자노자 Hero 찾던
차이나 시대보다
웃자놀자춤추자 우덜 모두 Hero인
大韓民國 Korea 시대당!

글쎄, 달님 답이 없으시기에
오늘 새날(New Day)
퍼뜩 님처럼 떠오른당

아리노마마(ありのまま)

1. 있는 그대로
2. 개미맘
3. 아리(햄스터 등)찡 맘
4. 아리(이사 오던 날 몽골 여대생 이름)쨩
5. 아리가또 줄임말(꾸벅 감사~ 인사말)
6. 아리아리아라리요 줄임말
7. 아리산차(달님 대만서 사온 녹차) 줄임말
8. 등등등

프사구라쟁이

카톡 프사에

지금 이 순간
기대와 희망을
올리시드라고요잉잉잉 다들들들

와따, 참말로
징상스럽게 거시기해불구마요잉잉잉

이러쿵저러쿵

울 지혜의 심볼 아드님
어릴 적
"엄마, 우주로 갈 때 이 지구에서
딱 하나 음식만 가져간다면?"
"글쎄… 뭐가 젤 좋을까냥?"
"난, 햄버거. 꼬기랑 야채랑 빵까지 삼합이잖앙!"
"어머, 진짜 그러넹!"

주식에 코인 투자까지 다 끊으신 아드님
며칠 전
"엄마, 텐버거(TenBurger)가 뭥미?"
"응, 주식투자에서 열 배로 개이득 본다는 뜻."
"아!"
두 배 투자를 꿈꾸는 맘
그 순간 심장이 쫄깃

나라는 사람 1

윤혜원 지음

발행처　도서출판 **청어**
발행인　이영철
영업　　이동호
홍보　　천성래
기획　　육재섭
편집　　이설빈
디자인　이수빈 | 김영은
제작이사　공병한
인쇄　　두리터

등록　　1999년 5월 3일
　　　　(제321-3210000251001999000063호)

1판 1쇄 발행　2024년 8월 20일

주소　　서울특별시 서초구 남부순환로 364길 8-15 동일빌딩 2층
대표전화　02-586-0477
팩시밀리　0303-0942-0478
홈페이지　www.chungeobook.com
E-mail　ppi20@hanmail.net

ISBN　979-11-6855-268-5(03810)